O FIM DOS LIVROS

Octave Uzanne

O FIM DOS LIVROS

Tradução
Beatrice Gropp

1ª edição

OCT⬛AVO
São Paulo 2010

O Fim dos livros
Octave Uzanne
Ilustrações
Albert Robida

©2010 Editora Octavo Ltda.

Título original: La Fin des Livres
Tradução: Beatrice Gropp
Revisão: Rosana de Angelo
Projeto gráfico e editoração eletrônica: Mai Design
Capa: Mai Design

Grafia atualizada conforme o Novo Acordo Ortográfico da Língua Portuguesa.

Dados Internacionais de catalogação na Publicação (CIP)
(Câmara Brasileira do Livro, SP, Brasil)

Uzanne, Octave, 1851 - 1931.
 O fim dos livros / Octave Uzanne; tradução
Beatrice Gropp. --São Paulo: Octavo, 2010.

 Título original: La fin des livres.
 ISBN 978-85-63739-01-8

 1. Ficção francesa I. Título.

10-09861 CDD-843

Índices para catálogo sistemático:
1. Ficção: Literatura francesa 843

[2010]

Todos os direitos desta edição reservados à:
EDITORA OCTAVO Ltda.
Rua dos Franceses, 117
01329-010 São Paulo SP
Telefone (11) 3262 3996
www.octavo.com.br

Introdução

Desde tempos imemoriais, o futuro da humanidade povoa diálogos, conjecturas e pensamentos que ocorrem entre as mais distintas tradições culturais. Este breve romance de Octave Louis Uzanne, jornalista, editor, bibliófilo e homem de letras, como se dizia na época de seu nascimento em Auxerre, na França de 1851, mostra surpreendente conteúdo visionário para o ano de sua publicação, 1894; as inovações e transformações tecnológicas nos soam estranhamente familiares e familiarmente estranhas nos tempos modernos em que vivemos. Este texto nos convida a participar de visões de futuro, que hoje poderíamos chamar construção

de cenários de futuro, e que se delineiam a partir do encontro entre eruditos e cidadãos do mundo num clube masculino de uma Londres vitoriana. De forma lúdica e pitoresca, *O Fim dos Livros*, de Octave Uzanne, parte integrante do volume *Contos para Bibliófilos*, nos conduz, em companhia das ilustrações efetuadas pelo famoso artista Albert Robida, a exercitar o imaginário em que os livros, tais como hoje os conhecemos, deixariam de existir.

A ideia, que nos parece simultaneamente temerosa e contemporânea, propaga-se com a mesma rapidez com que novos dispositivos despontam no mercado em escala mundial, e discussões em torno dos livros eletrônicos, que podem até exibir som e vídeo, multiplicam-se, inclusive em recentes publicações impressas em papel. Para amantes de alfarrábios, que sentem prazer ao manusear um livro e criam um vínculo entre todo o seu ser e o odor de páginas recém-impressas ou datadas de séculos, este cenário faz ressurgirem temores ancestrais, que normalmente acompanham transformações que afetam hábitos e costumes cotidianos.

Pois é precisamente neste contexto cotidiano que as invenções da imaginação de Uzzane e Robida se situam. Enquanto observadores atentos das tendências sociais da época, seus relatos nos conduzem ao retrato de seu tempo e o transforma em visões de futuro multidimensionais e orientadas para a totalidade, num movimento de alta contemporaneidade na sociedade de conhecimento e informação em que vivemos.

Uzzane e Robida detêm uma vasta

biografia que relata os ambientes e prazeres de "caça a livros" entre os bibliófilos parisienses da época. Diante do projeto histórico da existência dos livros no formato que conhecemos, iniciada na metade do século XV, este pequeno livro nos instiga a pensar não apenas no significado da inovação, mas também em seus impactos. Por exemplo, no caso dos livros, serão árvores efetivamente poupadas? O autor, conforme previsto por Uzzane, será seu próprio editor?

Esta oportuna iniciativa de publicação nos convida a imaginar uma sociedade no futuro prevista há mais de cem anos, em que narrativas dos jornais e da literatura ganhariam em emoção ao vibrar em nossos ouvidos, poupando nossos cansados e apressados olhos, segundo o autor já suficientemente gastos pela leitura. Em tom visionário, esta obra relata as grandes transformações que os personagens vislumbram para a sociedade em que seus netos viverão, depois de ouvirem a teoria relativa ao nascimento e morte do nosso astro maior exposta por um físico da época. São expoentes da ciência e das artes, reunidos num típico clube masculino da época, que nos convidam a refletir através de seu diálogo, desde uma nova e atual configuração geopolítica a reger o mundo, passando pelas mudanças nos hábitos alimentares, até as transformações na forma em que as artes atingiriam as elites e as massas no futuro.

Sou duplamente grata pela tarefa de trazer esta tradução ao público. Sendo filha de bibliófilos, nasci e cresci dentre coleções de edições raras sobre o Brasil, publicadas de 1504 a 1900. Esse consequente amor aos livros desde então acompanha minha trajetória de antropóloga com formação em língua e cultura francesa. Mas, além disso, também pela lacuna que esta edição vem preencher em nosso país, no que diz respeito às distintas modalidades de literatura e estudos prospectivos.

Beatrice Gropp
Fundadora do núcleo
de estudos do futuro PUCSP

O fim dos livros

Foi há cerca de dois anos, em Londres, que esta questão do fim dos livros e de sua completa transformação foi tratada, ao longo de uma noite memorável cuja lembrança ficará seguramente gravada na memória de um pequeno grupo de bibliófilos e eruditos que lá se encontravam. Tratava-se de uma das sextas-feiras científicas da Real Instituição, quando seria dada a conferência de William Thompson, eminente físico inglês e professor da Universidade de Glascow, cujo nome é conhecido nos dois mundos desde sua participação na instalação do primeiro cabo submarino entre a Europa e a América. Diante de um auditório brilhante, formado por cientistas brilhantes e outras personalidades, Sir William Thompson havia anunciado que matematicamente o fim do globo terrestre e da raça humana deveria acontecer em precisos dez milhões de anos.

Baseando-se nas teorias Helmholtz de que o Sol é uma vasta esfera em vias de

resfriamento causado pelo efeito da gravidade sobre sua massa, Sir William, após ter considerado o calor solar que seria necessário para desenvolver uma força de 476 000 milhões de cavalos-vapor por metro quadrado na superfície de sua fotosfera, estabeleceu que o raio desta encurta-se centesimamente em cerca de 2 000 anos, podendo-se fixar a hora precisa em que a temperatura tornar-se-ia insuficiente para a manutenção da vida em nosso planeta.

O mestre físico ainda nos surpreendeu ao abordar a questão da antiguidade da Terra, sob a qual desenvolvia a tese e também um problema de mecânica pura; ele não lhe atribuía um passado superior a uma vintena de milhões de anos, apesar das teorias de geólogos e naturalistas, e mostrava a vida que surgiu na Terra desde o aparecimento do Sol, qualquer que tenha sido a origem deste astro fecundo, ocorrida como resultado da eclosão de um mundo preexistente, ou pela condensação de nebulosas anteriormente difusas. Saímos muito comovidos da Real Instituição, pois o professor de Glascow enfrentou grandes problemas diante de sua audiência, ao esforçar-se para demonstrar cientificamente sua tese. Com o espírito dolorido, quase esmagado pela enormidade dos números manipulados por Sir William Thompson, retornávamos, silenciosos, num grupo de oito personagens distintos, filólogos, historiadores, jornalistas, estatísticos e simples curiosos, caminhando dois a dois, ao longo de Albemarle Street e de Piccadilly.

Um de nós, Edward Lembroke, conduziu-nos para jantar no *Junior Athenaeum Club* e, assim que o champanhe atingiu nossos cérebros sonhadores, o assunto foi a conferência do Sir William Thompson e os destinos futuros da humanidade. James Wittmore versou longamente sobre a supremacia intelectual e moral dos continentes mais jovens sobre os antigos, que presumia ocorrer no final do século seguinte. Fazia-nos compreender que o velho mundo abdicaria pouco a pouco de sua onipotência e que a América lideraria o movimento de marcha pelo progresso, enquanto a recém-nascida Oceania se desenvolveria sobremaneira, desmascarando suas ambições e vindo a ocupar um dos primeiros lugares no concerto universal dos povos. A África, complementou, essa África sempre explorada e misteriosa, da qual descobre-se a cada momento regiões de milhares de milhas quadradas penosamente conquistadas pela civilização, apesar de sua imensa reserva de homens, não parece ser chamada a desempenhar um papel proeminente; será o celeiro de abundância dos outros continentes, através de seu solo, reiteradamente invadido por povos distintos, vindo a desempenhar apenas um papel pouco decisivo. Massas de homens, em seu violento desejo de possuir essa terra virgem, lá se encontrarão, lutarão e morrerão, mas a civilização e o progresso se instalará apenas em milhares de anos, quando declinar a prosperidade dos Estados Unidos e notícias fatais e evoluções atribuirão um novo habitat para a semeadura do gênio humano.

Julius Pollok, um suave vegetariano e cientista naturalista, pôs-se a imaginar o que ocorreria em relação aos hábitos humanos, quando a química e a

concretização das investigações atuais transformar nossa vida social, minimizando nosso alimento, dosando-o sob a forma de pós, xaropes e biscoitos. Logo deixariam de existir padeiros, açougueiros e comerciantes de vinho. Não haveria mais restaurantes nem mercearias, mas apenas alguns farmacêuticos, todos livres e felizes, susceptíveis de prover suas necessidades por alguns centavos; a fome seria excluída do registro das nossas misérias, a natureza devolvida a ela mesma, toda a superfície do nosso planeta seria verdejante como um imenso jardim preenchido por sombras, flores e gramados, em meio a oceanos comparáveis a grandes lagos por onde enormes navios sobre rodas e hélices circulariam com velocidades de cinquenta a sessenta nós, sem temer arfagem e balanço.

Nosso caro sonhador, poeta à sua maneira, anunciava, para o fim do século XX ou início do XXI, este regresso à idade do ouro e aos costumes primitivos como uma universal ressurreição da antiguidade do vale de Tempé. Segundo ele, as ideias caras à lady Tennyson triunfariam a curto prazo, cessando o mundo de ser um matadouro imundo de animais pacíficos, uma terrível carnificina elaborada para nossa voracidade, e tornar-se-ia um jardim delicioso, consagrado à higiene e aos prazeres dos olhos. A vida seria respeitada entre os seres e as plantas, e neste novo paraíso reencontrado, assim como num Museu das Criações de Deus, poder-se-ia inscrever por toda parte ao caminhante: "É favor não tocar". A previsão idealista do nosso amigo Julius Pollok obteve apenas relativo sucesso;

seu programa foi considerado um tanto monótono, com um excesso de religiosidade panteísta; pareceu a alguns que nos entediaríamos em seu Éden reconstruído em benefício do capital social de todo o Universo. Esvaziamos algumas taças de champanhe a mais para dissipar a visão deste futuro lácteo devolvido às pastorais, as geórgias e a todos os horrores da vida inativa e sem luta.

– Que utopia tudo isso! – gritou o humorista John Pool. – Os animais, meu caro Pollok, não seguirão o vosso progresso de químico e continuarão a se devorar conforme as misteriosas leis da criação; a mosca continuará a ser presa do micróbio, da mesma forma que o pássaro mais inofensivo é a águia da mosca, o lobo oferecer-se-á ainda as coxas dos carneiros e a pacífica ovelha continuará a

ser, tal como antes, pantera da erva. Sigamos a lei comum que governa a evolução do mundo e, esperando que nos devorem, devoraremos.

Arthur Blackcross, pintor e crítico de arte mística, esotérico e simbolista, um espírito muito delicado e fundador da já famosa escola de *Estetas do Amanhã*, foi solicitado a exprimir seu pensamento a respeito do que ocorreria com a pintura dentro de um século. Creio poder resumir exatamente seu pequeno discurso nas linhas a seguir:

– Aquilo a que chamamos de *arte moderna* é realmente uma arte, e o número de artistas sem vocação que a exercem, aparentemente com talento medíocre, não demonstra suficientemente que é antes um ofício que carece de visão e alma criadora? Pode-se denominar de obras de arte aos cinco-sextos dos quadros e estátuas que se acumulam nas nossas exposições anuais, e contamos realmente com muitos pintores ou escultores que de fato são criadores originais? Vemos apenas cópias de qualquer espécie: cópias dos velhos mestres adaptadas ao gosto moderno, reconstituições sempre falsas de épocas nunca desaparecidas, cópias banais da natureza vistas com olhar de fotógrafo, cópias meticulosas dos terríveis pequenos assuntos do tipo que ilustraram Ernest Meissonier. Nada de novo, nada que nos retira de nossa humanidade! O dever da arte, no entanto, quer seja através da música, da poesia ou da pintura, é de nos fazer planar a todo preço e por um momento em esferas irreais, onde poderíamos fazer uma espécie de aeroterapia idealista.

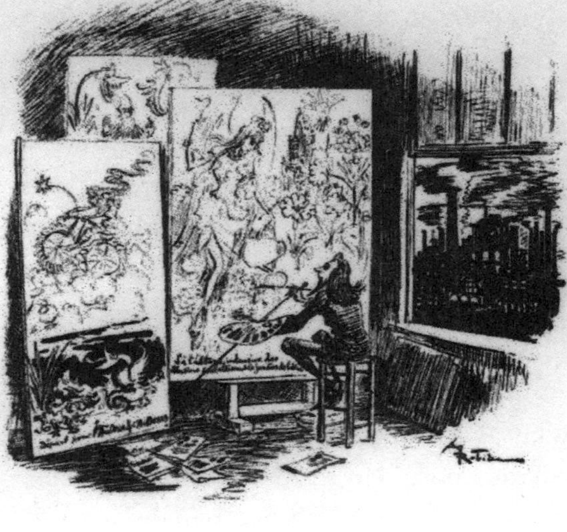

– Creio, portanto – continuou Blackcross –, que se aproxima o momento em que todo o Universo será saturado de quadros, paisagens sombrias, figuras mitológicas, episódios históricos, naturezas mortas e outras obras quaisquer que quase ninguém se interessará; este será o momento em que a pintura morrerá de fome; os governos finalmente compreenderão a loucura que cometeram ao não desencorajar sistematicamente as artes, cuja única forma de as proteger é exaltando-as. Em alguns países que optaram por uma reforma geral, as ideias dos iconoclastas prevalecerão; museus serão queimados para não influenciarem os gênios nascentes. Proscreverá a banalidade sob todas as formas, ou seja, a reprodução de tudo o que nos toca, de tudo o que vemos, de tudo o que a ilustração, a fotografia ou o teatro podem nos exprimir de uma maneira suficiente, e nós empurraremos a arte, enfim reduzida a sua própria essência, para as regiões elevadas onde nosso sonhar procura sempre por vias, figuras e símbolos. A arte será chamada a exprimir as coisas que nos parecem intraduzíveis, a despertar em nós, através da gama das cores, sensações musicais, a atingir o nosso aparelho cerebral em todas as suas sensibilidades, mesmo as mais insaciáveis. Continuará a envolver nossas voluptuosidades multiformes estéticas de um ambiente especial, a fazer cantar em tons racionais todas as sensações dos nossos órgãos mais delicados; violentará o mecanismo do nosso pensamento e se esforçará por derrubar algumas barreiras materiais que encarceram a nossa inteligência, escrava dos sentidos que a faz viver. A arte

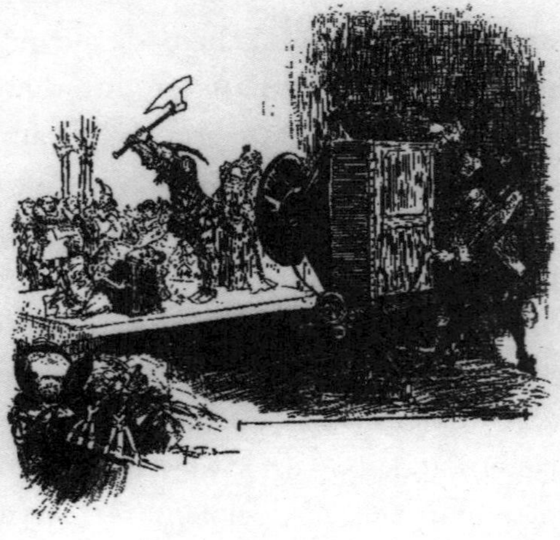

será então uma aristocracia fechada; a produção será rara, mística, devota e altamente pessoal. Esta arte talvez compreenderá de dez a doze apóstolos por geração e, quem sabe, uma centena a mais de fervorosos discípulos.

– Além disso – continuou –, a fotografia colorida, a fotogravura e a ilustração documentada serão suficientes à satisfação popular. Com as galerias interditadas e os pintores arruinados pela *fotopintura*, os sujeitos da história serão sugestionados por modelos que exprimem dor, admiração, desânimo, terror ou morte. Toda a pintura gráfica se transformará numa questão de procedimentos mecânicos muito diversos e exatos, como se fosse um novo segmento comercial. Não haverá mais pintores no século XXI, mas apenas alguns santos homens, verdadeiros faquires da ideia e da beleza, que, perante o silêncio e incompreensão das massas, produzirão obras-primas dignas deste nome.

Arthur Blackcross desenvolveu lenta e completamente sua visão de futuro, não sem sucesso, pois nossa visita deste ano à Real Academia não tinha sido mais consoladora do que as realizadas em Paris durante duas grandes exposições de pintura nacional no *Champ de Mars* e no *Champs-Élysées*. Debatemos sobre assuntos genéricos expostos pelo nosso conviva simbolista, o fundador da escola dos *Estetas do Amanhã*, que alterou o curso da conversação ao me enfatizar de forma abrupta:

— Pois é, meu caro bibliófilo, e você não nos dirá sobre o que ocorrerá com as letras, literaturas e livros dentro de cem anos? Dado que esta noite reformamos a nosso modo a sociedade futura, cada um projetando o seu raio luminoso na sombria noite dos próximos séculos, iluminem do vosso próprio farol rotativo, projetem vossa luminosidade ao horizonte.

E o que se ouviu foram: – Sim! Sim! Solicitações urgentes e cordiais, e, como estávamos num pequeno grupo, que se permite ouvir o pensar na atmosfera quente deste canto do bar, simpático e agradável, não hesitei em improvisar a minha conferência. Ei-la:

– O que penso sobre o destino dos livros, meus caros amigos? A pergunta é interessante e me apaixona; jamais me havia perguntado sobre isso até este momento da nossa reunião. Se por livros vocês entendem os inúmeros cadernos de papel impresso, dobrado, costurado, sob uma capa que anuncia o título da obra, confessá-los-ei que francamente não creio – e que os progressos da eletricidade e da mecânica moderna me proíbam crer – que a invenção de Gutenberg como intérprete das nossas produções intelectuais possa mais cedo ou mais tarde cair em desuso.

E continuei:

– A gráfica, que Antoine Rivarol tão apropriadamente denominou "a artilharia do pensamento" e que Lutero dizia ser o derradeiro e supremo dom através do qual Deus avança nos assuntos do evangelho, mudou o destino da Europa; sobretudo nos últimos dois séculos, transmitindo a informação através do livro, panfleto e jornais, a gráfica que a partir de 1436 reinou de forma tão déspota sobre nossas mentes, na minha opinião parece ameaçada pelas diversas possibilidades recentemente descobertas de se gravar o som e que gradualmente vão se aprimorar.

– Em detrimento das facilidades de operação das máquinas de compor, os sucessivos progressos realizados na ciência da impressão atingiram o auge da perfeição, possibilitando a criação de caracteres em moldes móveis; nessa arte se destacaram sucessivamente Johann Fust, Peter Schöffer, Henry Estienne, Michel de Vascosan, Aldo Manuzio e Nicolas Jenson; ao que me parece, nossos netos não confiarão suas obras a este processo um tanto antiquado e, de fato, fácil de substituir o fonógrafo ainda na sua infância.

Seguiu-se uma teia de interrupções e perguntas dentre meus amigos e ouvintes. Foram oh! de surpresa, ah! irônicos, e eh! preenchidos de dúvidas, cruzados por furiosas negações:

L'Œuvre maleficieuse dicte *phonograf*
du Sorcier Edisonas
iustement bruslé en grêve le ▬▬▬▬▬

— Mas, é impossível! ... O que você quer dizer?

Tive alguma dificuldade em retomar a palavra para me explicar.

— Deixem-me lhes dizer, ouvintes impetuosos, que as ideias que esboçarei são tão assertivas quanto pouco amadurecidas pela reflexão, e que eu as vos ofereço tais como me surgem, com uma aparência de paradoxo; porém, não há mais paradoxos para conter do que verdades, e as mais loucas profecias dos filósofos do século XVIII foram parcialmente realizadas na atualidade. Baseio-me nesta constatação inegável de que o homem de lazer rejeita a cada dia mais a fadiga e busca avidamente o que chama de conforto, isto é, todas as oportunidades de administrar tanto quanto possível o uso e o movimento de seus órgãos. Vocês concordam comigo que a leitura, tal como a praticamos hoje, conduz a um profundo cansaço, pois não apenas exige a atenção de nosso cérebro, consumindo uma grande porção de nossos fosfatos cerebrais, como ainda curva nossos corpos em diferentes posturas cansativas. Se lemos um jornal no formato do "Times", ele nos obriga a empregar certa habilidade na arte de virar e dobrar as folhas, sobrecarregando nossos músculos de tensão ao mantermos o papel estendido ao máximo. Mas enfim, é ao livro que nos dirigimos; a necessidade de cortar as folhas e de organizá-las individualmente são procedimentos irritantes a longo prazo. Mas a arte de se deixar penetrar pelo espírito, pela alegria e ideias dos outros requer mais passividade, e portanto, é através dos diálogos que nosso cérebro

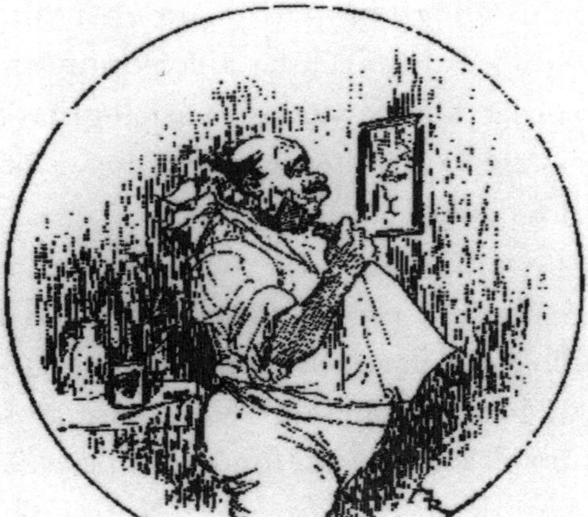

retém mais elasticidade, mais nitidez de percepção, mais bem-aventurança e repouso do que através da leitura, pois as palavras que nos são transmitidas pelo tubo auditivo proporcionam uma vibração especial das células, que por um efeito observado por todos os fisiologistas do passado e do presente, excita nossos próprios pensamentos.

E continuei:

— Assim, eu acredito no sucesso de tudo o que lisonjeia e mantém a preguiça e o egoísmo humano; o elevador matou o subir das escadas, o fonógrafo provavelmente destruirá a imprensa. Nossos olhos são feitos para ver e refletir as belezas da natureza, e não para se desgastarem na leitura de textos; abusamos deles há tempo demais; e não é necessário ser um oftalmologista para conhecer uma série de doenças que afligem nossa visão e nos submetem aos artifícios da ciência óptica. Ao contrário, nossos ouvidos são menos frequentemente solicitados a contribuir; eles se abrem a todos os sons da vida, e nossos tímpanos permanecem menos irritados. Não nos damos hospitalidade excessiva a estes vãos abertos nas esferas da nossa inteligência, e agrada-me imaginar que, em breve, descobriremos a necessidade de descarregar os nossos olhos para sobrecarregar nossos ouvidos. Esta será uma justa compensação aportada à nossa economia física geral.

– Muito bom, muito bom! – sublinharam meus companheiros atentos. – Mas e quanto à execução prática disso, caro amigo? Aguardamos-lhe sobre este ponto. Como você acha que poderíamos construir fonógrafos que fossem simul-

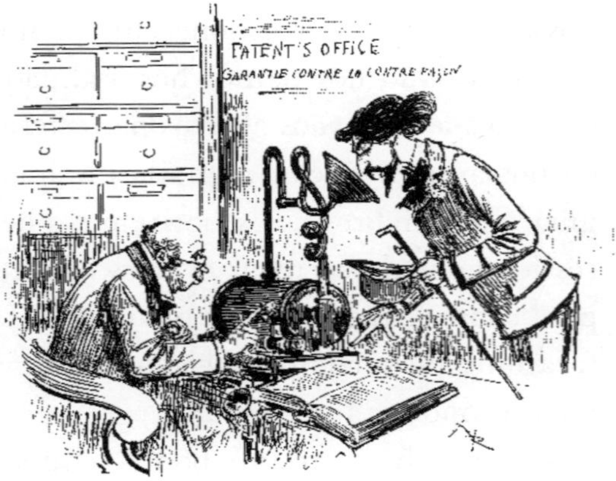
PATENT'S OFFICE
GARANTIE CONTRE LA CONTRE FAÇON

taneamente portáteis, leves e resistentes para registrar, sem se estragarem, os longos romances que atualmente contêm quatro, cinco centenas de páginas? Sobre que cilindros de cera endurecida serão impressos os artigos e notícias do jornalismo? Enfim, com o auxílio de que tipos de pilhas serão ativados os motores elétricos desses futuros fonógrafos? Essas são coisas que têm que ser explicadas, e não nos parece que sejam de fácil realização.

– Tudo isso, no entanto, se fará – respondi-lhes. – Haverá cilindros de inscrição em celuloides, leves como porta-plumas para serem levados no bolso, que conterão cinco ou seis centenas de palavras e que funcionarão sobre eixos fortemente tensionados; todas as vibrações da voz lá serão reproduzidas; teremos um aparelho perfeito, como os precisos relógios dimi-

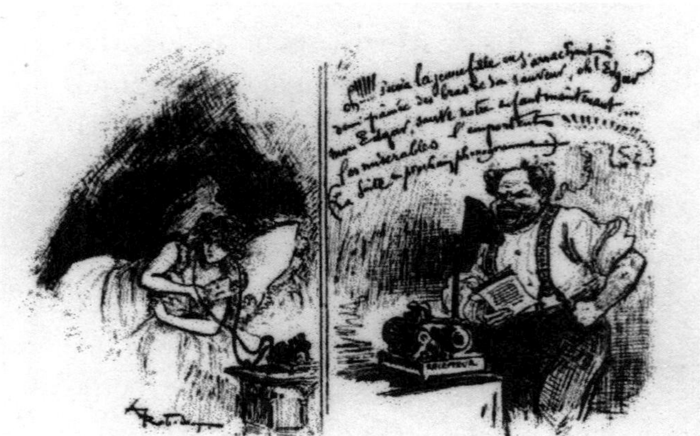

nutos e as joias mais delicadas. Quanto à eletricidade, será obtida do próprio indivíduo; cada um acionará com facilidade sua própria corrente, engenhosamente captada e canalizada em dispositivos portáteis, fixados ao redor do pescoço ou da cintura num tubo semelhante ao do telescópio.

– Para o livro, ou melhor dizendo, os livros, que terão sobrevivido para a novela ou historiografia, o autor se torna seu próprio editor. E no intuito de evitar imitações e falsificações, ele deve ir primeiro ao Registro de Patentes para depositar a sua voz, assinando as notas graves e agudas, e dando as contra-audições necessárias para garantir cópias de sua consignação. Assim que regularizado juridicamente, o autor falará o seu trabalho sobre os rolos gravadores, colocando à venda ele mesmo seus próprios cilindros patenteados, que serão entregues em envelopes para o consumo dos ouvintes. Neste tempo bem próximo, não vamos mais nomear os homens de letras como escritores, mas sim como narradores; o gosto pelo estilo e as frases pomposas se perderão gradualmente, mas a arte da dicção tomará proporções inacreditáveis. Pelo calor vibrante, simpatia comunicativa e perfeita correção e pontuação das suas vozes, alguns narradores serão muito procurados. Ao se referirem a um autor de sucesso, as senhoras já não mais dirão:

– Eu gosto tanto de sua escrita!

Elas suspirarão trêmulas:

– Oh! Este falante tem uma voz que penetra. Que charme, que emoção; suas notas baixas são adoráveis; seus gritos de amor transpassam. Ele nos parte de emo-

DISTRIBUTION
A DOMICILE
WAGNER
VALSE
COURS de la BOURSE
PHONOGRAPHIQUE
VERS CLASSIQUES
POESIE LEGERE
ROMAN
HISTOIRE
SOURDINE
PLUS HAUT
PLUS BAS

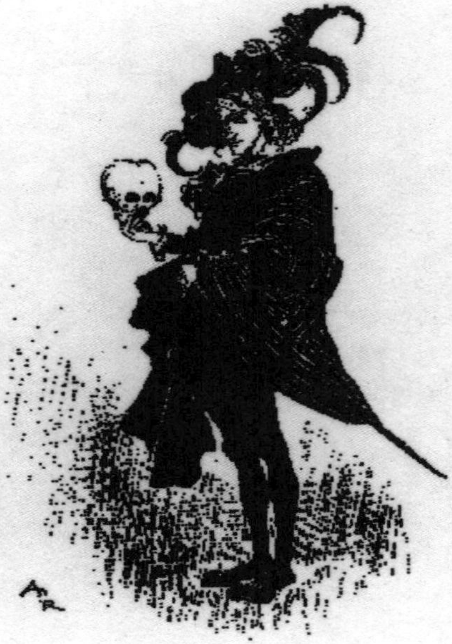

ção após a audição do seu trabalho. É um sequestrador de ouvidos incomparável.

O amigo James Wittmore interrompeu:

— E as bibliotecas, o que você faria delas, meu caro amigo dos livros?

— As bibliotecas serão as *fonografotecas* ou então as *registrotecas* — respondi. — Elas conterão em sucessivos e pequenos armários os cilindros devidamente rotulados, com as obras dos grandes gênios da humanidade. As edições mais procuradas serão aquelas *autofonografadas* por artistas consagrados: haverá disputa, por exemplo, por um Molière de Benoît-Constant Coquelin, Shakespeare de Henry Irving, Dante de Salvino Salvini, Dumas filho de Eleonora Duse, Hugo de Sarah Bernhardt, Balzac de Jean Mounet-Sully, e tantos outros, como Goethe, Milton, Byron, Dickens, Emerson, Tennyson, Musset, que terão sido vibrados dentro dos cilindros por locutores escolhidos.

– Os bibliófilos, que se tornarão *fonografiólogos*, ainda se envolverão com os livros como faziam anteriormente. Levarão seus cilindros para encadernação em couro marroquino finamente ornado em fios de ouro com atributos simbólicos. Os títulos serão lidos sobre a circunferência das caixas, e as peças mais raras conterão cilindros que foram registrados a um só exemplar e gravados na voz de um destaque do meio teatral, da poesia ou da música, que dará as variantes imprevistas e inéditas de uma obra célebre.

– Os autores ou locutores de obras alegres, por vezes utilizando-se de ironia, vão narrar o cômico da vida cotidiana, com os sons que a acompanham numa orquestração da natureza, em trocas de conversações banais entre sobressaltos de felizes massas ou dialetos estrangeiros; evocações de Marselhenses ou da Auvergne irão divertir o francês, como o jargão dos irlandeses e dos homens do Oeste excitarão o riso dos americanos do Leste.

— Os autores, privados do sentimento de harmonia da voz e das inflexões necessárias a uma bela dicção, emprestarão socorro de atores ou cantores para armazenar suas obras na complacência dos cilindros. Atualmente temos nossos secretários e nossos copistas; haverá então os *fonistas* e os *clamistas*, interpretando as frases que lhes serão ditadas pelos criadores da literatura.

— Os ouvintes não sentirão falta do tempo em que eram chamados de leitores; seus olhos repousados, seus rostos

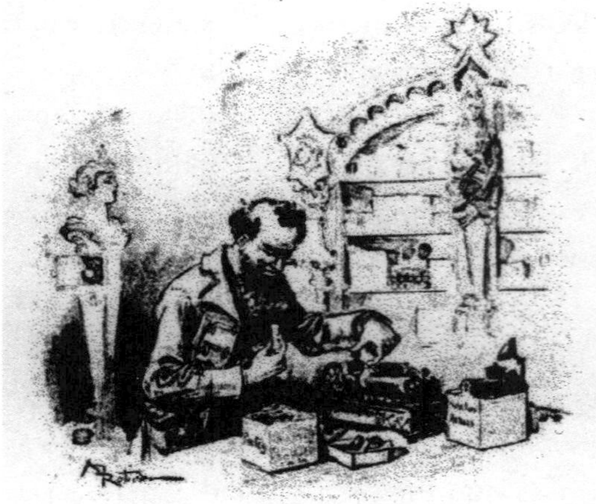

refrescados e sua indiferença feliz serão indícios dos benefícios de uma vida contemplativa. Estendidos em sofás ou embalados em cadeiras de balanço, eles gozarão silenciosos das aventuras maravilhosas contidas nos tubos flexíveis que lhes trarão aos ouvidos histórias dilatadas pela curiosidade.

– Seja em casa ou durante um passeio, percorrendo a pé as paisagens mais admiráveis e pitorescas, os felizes ouvintes irão experimentar o prazer inefável de conciliar saúde e educação; ao mesmo tempo em que exercitam seus músculos, estarão nutrindo sua inteligência, pois serão fabricados *fono-operadores* de bolso, úteis durante uma excursão nos Alpes ou nos cânions do Colorado.

– Seu sonho é bastante aristocrático – insinuou o humanitário Julius Pollok. –

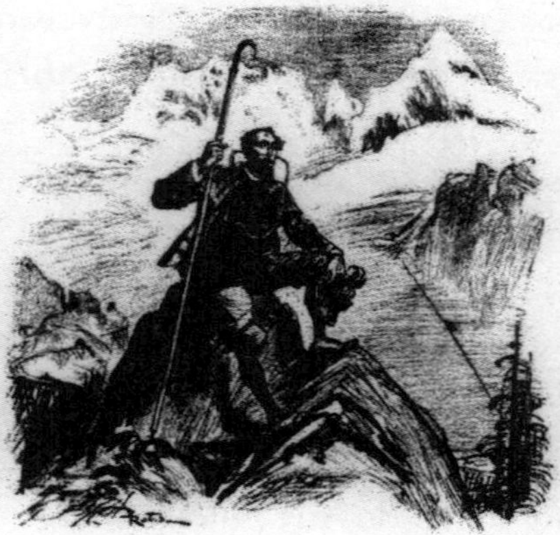

O futuro sem dúvida será mais democrático. Devo-lhe confessar que eu gostaria de ver o povo mais favorecido.

– E ele será, meu doce poeta – retomei alegremente, continuando a desenvolver minha visão de futuro. – Nada lhe faltará a esse respeito; ele poderá se banhar pela literatura como de água limpa, barata, pois terá distribuidores literários como fontes nas ruas. Por quatro ou cinco centavos a hora, dinheiro para pequenos bolsos, convenhamos, as pessoas não serão arruinadas. E o autor errante receberá direitos relativamente importantes, dada a multiplicidade das audições fornecidas a cada casa no mesmo bairro.

E, para a plateia absolutamente atenta, continuei.

– Isto é tudo? Não ainda... O *fonografismo* futuro se oferecerá a nossos netos em todas as circunstâncias da vida; cada mesa de restaurante será munida de um repertório próprio de obras *fonografadas*, da mesma forma que os meios de transporte públicos, as salas de espera, as cabines do navio a vapor. Os *lobbies* e quartos de hotéis disponibilizarão *fonografotecas* para o uso dos hóspedes. As estradas de ferro substituirão os carros do tipo salão por uma espécie de bibliotecas circulantes *Pullman*, que farão os viajantes se esquecerem das distâncias, deixando para seus olhos a oportunidade de admirar a paisagem local. Eu não saberia entrar em detalhes técnicos sobre o funcionamento desses novos intérpretes do pensamento humano, sobre esses multiplicadores da palavra, mas tenham certeza que o livro será abandonado por todos os habitantes do globo. A impressão gráfica deixará de

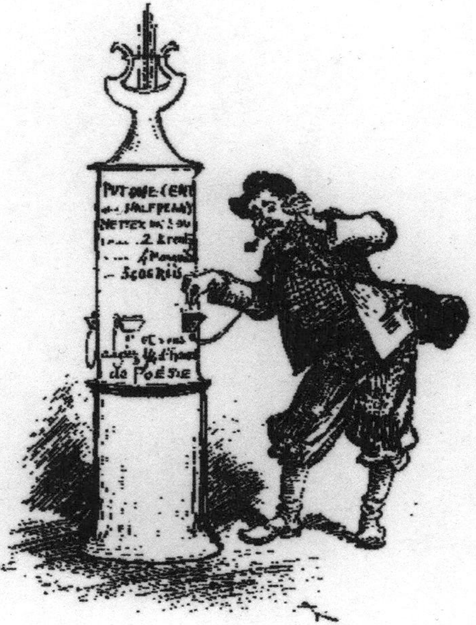
HALFPENNY
2 Kreutz
de Poésie

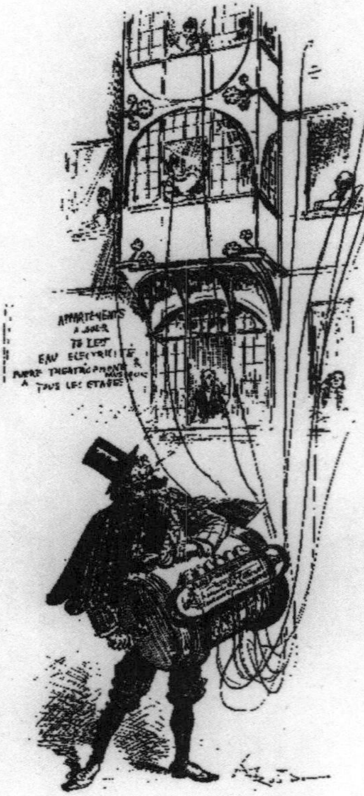
APPARTEMENTS
TO LET
EAU ELECTRICITÉ &
A TOUS LES ETAGES

existir, assim como os serviços que ela ainda poderá oferecer ao comércio e às relações privadas; e quem sabe a máquina de escrever, até lá bastante desenvolvida, não será suficiente para toda essa demanda.

– E o que você me diria sobre o jornal diário? O que você faria da imprensa, tão importante na Inglaterra e na América? – alguém perguntou.

– Não se preocupe – respondi –, ela seguirá a via geral, já que a curiosidade do público será sempre crescente; em breve ele não se contentará com as entrevistas impressas e mais ou menos reportadas; o que se desejará é ouvir os entrevistados, se deliciar com o discurso do orador da moda, conhecer a cantora atual, apreciar a voz das divas lançadas na véspera, etc.

Como todos esperavam, continuei:

– Melhor do que tudo isso será o fu-

MADELEINE BASTILLE

turo do grande jornal fonográfico. As vozes do mundo inteiro se encontrarão centralizadas nos rolos de celuloide que o correio levará a cada manhã aos ouvintes-assinantes; os criados de quarto e as camareiras terão o hábito de disponibilizar seus eixos sobre os dois rolamentos da máquina motriz no horário de acordar: telegramas do exterior, os índices da bolsa de valores, artigos fantasiosos, revistas da véspera, poderemos ouvir tudo isso enquanto sonhamos ainda no calor de nossos travesseiros. O jornalismo será então naturalmente transformado; as altas posições serão reservadas aos jovens sólidos, de voz forte e calorosamente afinada, cuja arte de falar será mais valorizada pela pronúncia do que pela variação ou formato das palavras. O mandarinismo literário desaparecerá e os letrados se ocuparão apenas de um ínfimo número de ouvintes; assim, o ponto importante será rapidamente informado em poucas palavras e sem comentários. Em todas as bancas de jornais haverá salas enormes, estúdios de gravação, onde os redatores gravarão em voz alta as notícias recebidas; as mensagens recebidas por telefone serão imediatamente inscritas através de um aparelho engenhoso colocado dentro do receptor acústico. Os cilindros assim obtidos serão copiados em grande tiragem e colocados em pequenas caixas nos correios antes das três horas da manhã, a menos que, dependendo de acordo com a companhia telefônica, a audição do jornal não tenha sido veiculada em domicílio através dos fios particulares dos mais privilegiados assinantes, como já se pratica com os *teatrofones*.

William Blackcross, o amável crítico e esteta que até este momento havia prestado muita atenção sem interromper a minha conversa fantasiosa, julgou o momento oportuno para interrogar:

— Permita-se lhe perguntar — disse ele —, como o senhor substituiria a ilustração dos livros? O ser humano, que é uma eterna grande criança, sempre vai perguntar sobre imagens, e gostará de ver a representação das coisas que imagina ou que lhe são contadas.

— Sua objeção — retomei —, não me surpreende; a ilustração será abundante e realista, podendo satisfazer os mais exigentes. O senhor talvez ignore a grande descoberta do amanhã, aquela que brevemente nos deixará estupefatos. Quero falar do *kinetógrafo* de Thomas Édison, cujos primeiros ensaios tive a oportunidade de ver numa recente visita ao *Orange-Park*, grande centro eletricista próximo a Nova Jersey. O *kinetógrafo* gravou o movimento do ser humano e o reproduziu da mesma forma como o fonógrafo gravou e reproduziu sua voz. Dentro de cinco ou seis anos, o senhor conhecerá essa maravilha baseada na composição dos gestos pela fotografia instantânea; o *kinetógrafo* será, portanto, o ilustrador da vida cotidiana. Não apenas o veremos funcionar dentro de sua caixa, mas, através de um sistema de espelhos e refletores, todas as figuras ativas que ele representará em *fotocromos* poderão ser projetadas nas nossas residências, sobre grandes quadros brancos. As cenas das obras de ficção e dos romances de aventura serão representadas por figurantes bem fantasiados e reproduzidas instan-

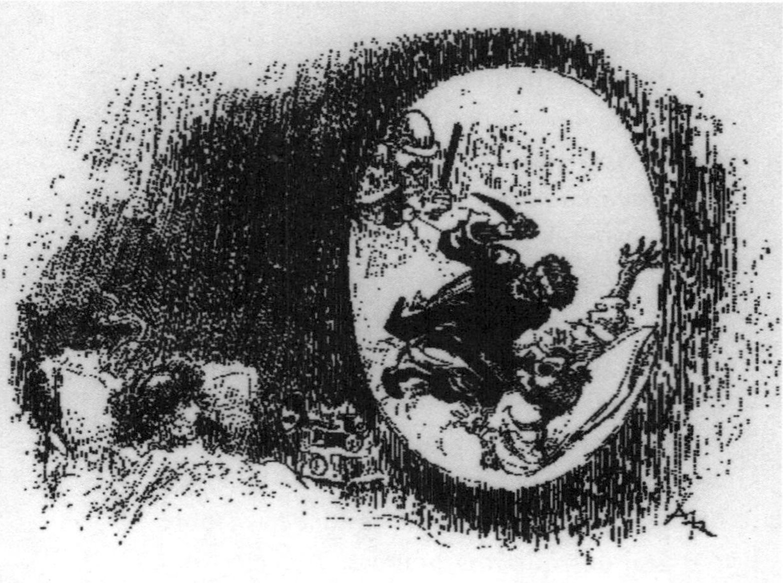

taneamente; nós teremos também, como complemento ao jornal fonográfico, as ilustrações de cada dia, as cenas da vida ativa, como nos dizemos hoje em dia, recentemente recortadas da realidade. Veremos as novas peças, o teatro e os atores tão facilmente como se estivessem em nossas casas; teremos o retrato, ou melhor ainda, a fisionomia em movimento dos homens célebres, dos criminosos, das belas mulheres. Isto não será arte, é verdade, mas ao menos será a vida tal como ela é, natural, sem maquiagem, limpa, precisa e, no mais das vezes, cruel.

Diante da plateia atenta, e sem novas interrupções, continuei:

– Eu vos repito, meus amigos, que considero aqui somente possibilidades incertas. Quem poderia aqui, dentre os mais sutis entre nós, profetizar com sabedoria? Os escritores deste tempo, já diria nosso querido Balzac, são os manipuladores de um futuro escondido sob cortinas de chumbo. Se Voltaire e Rousseau retornassem à França atual, eles nem suspeitariam dos doze anos que foram os de 1789 a 1800, a era de Napoleão. É portanto evidente, digo eu, finalizando esta excessivamente vaga percepção da vida intelectual do amanhã, que existirão nos resultados da minha fantasia aspectos sombreados ainda imprevistos. Da mesma forma que os oftalmologistas se multiplicaram desde a invenção do jornalismo, médicos de ouvidos existirão em abundância com o advento da fonografia; eles encontrarão formas de captar toda a sensibilidade dos ouvidos e de descobrir mais nomes de doenças auriculares do que existirão de fato, mas nenhum pro-

Une salle de Rédaction d'un grand journal futur —

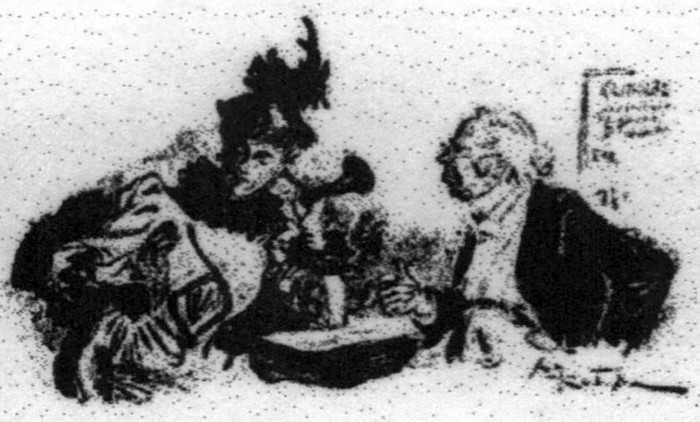

gresso se cumpriu sem extinguir algum de nossos males. A medicina não mais avança, mas especula sobre os modos e as novas ideias que condena quando gerações são mortas pelo amor às mudanças. Em todos os casos, voltando aos limites do nosso assunto, acredito que, se os livros têm seu destino, mais do que nunca este está às vésperas de se concretizar: o livro impresso vai desaparecer. Não lhes parece que os seus excessos já os condenam? Após nós, o fim dos livros!

Esta piada para alegrar nosso jantar obteve algum sucesso entre meus indulgentes ouvintes; os mais céticos pensavam que poderia haver alguma verdade nesta predição instantânea, e John Pool obteve um "hurra" de alegria e aprovação quando gritou no momento em que nos separamos:

— É preciso que os livros desapareçam ou eles vão nos devorar; ao que parece, calculo que são editadas oitenta a cem mil obras por ano, o que, em média, seriam mais de cem milhões de exemplares, cuja maioria contém apenas as maiores extravagâncias e as mais loucas quimeras, divulgando apenas preconceitos e erros. Pelo nosso estado social, somos obrigados a ouvir muita bobagem todos os dias; um pouco mais, um pouco menos, isso nos trará um grande excedente em sofrimento. Mas que felicidade não ter mais que ler, e de poder, enfim, fechar os olhos sobre o vazio dos impressos! Jamais o Hamlet do nosso grande Will teria dito melhor: "Words! Words! Words!" Palavras!... Palavras que passam e não as leremos mais.

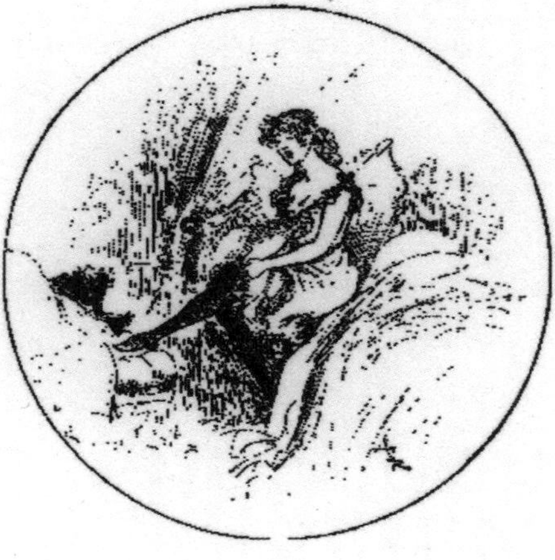